Jean-Jacques Sempé

Multiples intentions

Éditions Denoël

– *Quelle belle et merveilleuse journée allons-nous encore passer ensemble,*
toi ma grande amie Solitude et moi!

*— Moi aussi, c'est une question que je me pose souvent :
quelle société allons-nous léguer à nos enfants?*

— Dévalant hardiment les flancs escarpés du mont Gravillac pour s'enfoncer dans les plateaux calcaires du crétacé, cette eau resurgie dans les limons tapissés de sable fin des sources du Malzac, tonifiée au contact des grès ferrugineux, elle se jette dans la vallée d'Arpemont où elle s'apaise tout en ayant su garder toute sa minéralité.

– Je vous plains, Marthe, de n'avoir jamais connu le bonheur. Le Grand Bonheur. Celui qui dérègle vos battements de cœur, qui oppresse votre respiration, qui annihile la moindre de vos pensées, qui noue votre estomac, vous fait perdre l'appétit, le sommeil, vos amis, vos parents, et vous broie inexorablement.

— Le temps a passé, j'ai refait ma vie, mais je ne t'ai jamais oublié, Roberto.

– *C'est une question qui me vient souvent à l'esprit : si par malheur il m'arrivait quelque chose, est-ce que ma famille, mon entourage, auraient besoin d'un suivi psychologique ?*

Le seuil de tolérance de son personnel ayant été atteint, la Direction demande à son aimable clientèle de n'utiliser qu'en cas d'absolue nécessité les mots : récurrent, gratifiant et obsolète ainsi que les verbes : gérer et assumer ~ Merci ~

Sempé.

"Cabinet du Docteur Grunstein.

Si vous êtes en cours d'analyse, tapez 2.

Si vous désirez entreprendre une analyse, tapez 2 puis étoile.

Si vous avez déjà entrepris une analyse ailleurs, tapez 2 puis dièse.

Si vous avez interrompu cette analyse pour raison d'hospitalisation, tapez 3 puis dièse.

Pour raison de voyage, tapez 3 puis dièse puis 4. Sans raison particulière, tapez 4 puis étoile.

Si vous voulez entreprendre une nouvelle analyse, tapez 5 puis étoile puis 6.

Sinon merci de raccrocher."

– J'ai vu un accident terrible tout à l'heure : un type qui traversait en téléphonant avec son portable s'est fait écraser par un automobiliste qui téléphonait lui aussi. Les secours sont arrivés mais c'était trop tard. Tout le monde était figé de stupeur. Tout s'est arrêté. Puis de la poche de quelqu'un on a entendu la sonnerie d'un portable, quelques notes de Mozart ou de je ne sais qui, et la vie a repris.

— … T'es où ? Allô, t'es où ? T'es où ?… Allô, t'es où ? Allô, t'es où ?…

– *Marthe ? C'est Suzanne. Je suis à Sainte-Eulalie-de-la-Rédemption. Tu veux
que je demande quelque chose pour toi ?*

– J'ai passé tout l'office dans un état étrange à plusieurs centimètres au-dessus du sol. À la fin je suis retombée, écrasant le pied gauche de ma sœur et me faisant une légère entorse. Nous allons de ce pas, si j'ose dire, faire établir un certificat médical et reviendrons vous voir afin d'étudier les suites à donner à cet événement hors du commun.

– Comme c'est gentil à vous, monsieur le curé, d'avoir mis une soutane !

— Cette année, j'avais décidé de faire le pèlerinage à Saint-Jacques-de-Compostelle. Au début, c'est très dur. Le corps et l'esprit se révoltent, puis au bout de quelques jours, une sorte de sérénité s'installe. Bien des schémas, des a priori s'estompent. Une grande sagesse vous envahit, et c'est tout naturellement qu'aux environs de Châteauroux, passant devant une gare, j'ai rejoint Solange et les gosses au Touquet.

Sempé.

2

3 →

PHARMACIE

sempé.

Sempé

– Le bonheur vous va bien.

— Je peux vous proposer le caprice saisonnier, la salade folle ou la farandole de craquants à la farigoulette.

– Combien celui-là ?

— *Au début, elle me téléphonait dix fois par jour. Elle me disait : « Je t'embrasse. » Puis j'ai eu un coup de fil quotidien : « Je t'embrasse très fort. » Maintenant, tous les quinze jours, j'entends un « je t'embrasse très très très fort », mais je reste optimiste en vertu de la théorie d'Adamson qui dit que l'intensité augmente quand la fréquence diminue.*

— ... Conjuges debent jurare fidelitatem *(les conjoints doivent se jurer fidélité)* aeternam *(qu'on peut traduire en français d'aujourd'hui par : le risque zéro n'existe pas).*

1

2

5

6

9

10

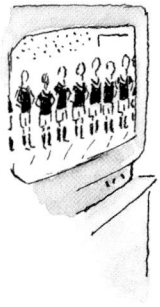

3

4

7

8

11

12

sempé.

– *Je vais voir l'arrivée.*

– J'ai ressemelé vos chaussures, Élisabeth. Ce faisant, j'ai constaté que vous marchiez inconsidérément sur l'extérieur de votre talon droit, provoquant à la longue un déhanchement préjudiciable à vos vertèbres lombaires et surtout cervicales, déclenchant des migraines qui rejaillissent sur votre caractère (j'en sais quelque chose). J'ai donc rééquilibré votre chaussure (nous entreprendrons par la suite la rééducation de votre démarche), ce qui, je l'espère, permettra à notre relation de repartir sur de meilleures bases.

– Il ne me dira jamais « Tu es belle » mais « T'es pas mal aujourd'hui ». Il ne me dit pas non plus
« C'est bon ton dîner », mais « C'est pas mauvais ce que tu as fait ». Bref, j'ai envie de lui dire
« Je m'en vais », mais je lui dis « Je me demande pourquoi je reste ».

– *Nous sommes, en ce moment, complètement surbookés.*

— *Toutes ces années, j'ai vécu entouré de poitrines, de tailles et de jambes parfaites. La perfection est inhumaine, invivable. Sans vous, mademoiselle Yvonne, je n'aurais pu tenir. À la veille de ma retraite, je voudrais vous remercier : si je sonnais si souvent à votre guichet, c'était pour happer, malgré ou grâce à votre air revêche, cette parcelle d'humanité qui me permettait de continuer ma tâche.*

– Le troisième clarinettiste est malade. Il a été remplacé par Frédéric Lelièvre, un instrumentiste chevronné qui possède des graves profonds et convaincants et dans les aigus un vibrato brillant, certes, mais un peu racoleur et démagogique à mon goût.

— J'adore parler théâtre avec vous. Je partage complètement votre point de vue : c'est l'art de
l'éphémère par excellence. Cela me met à l'aise pour vous dire que le rôle que vous interprétiez
ce soir, je vais le confier à Bouchart.

– *Il a commencé avec un âne (moi). On livrait des fromages dans les villages alentour. On travaillait dur mais il était gai comme un pinson. Petit à petit c'est devenu une entreprise. Quatre-vingts employés dont son gendre, un ambitieux. Sa femme organise des garden-parties. Épuisé, il s'est mis au golf. L'autre soir, tard, j'ai passé la tête par la fenêtre de son bureau. Il était crispé devant son ordinateur. Je voulais lui dire : « Repartons comme avant, vous étiez si gai ! Votre Kiki (c'est moi) est toujours là. » Il a sursauté violemment et m'a filé des coups avec son club de golf. Je sais qu'un braiment ressemble à un ricanement ou à un sanglot inquiétant, mais quand même, je me dis que c'est bien difficile de communiquer.*

– Mais non ! mais non. Ils ont dit que non.

— *Je suis bien. Mais je serais même très bien si je savais que tu te sens bien. Si je te le demande, tu vas me dire, bien sûr, que tu es bien. Mais comme je ne sais pas si tu me dis ce que tu penses, je ne suis pas aussi bien que je pourrais l'être.*

sempé.

– C'est très bien. Fais-en un autre à présent.

– *J'ai plusieurs choses sur le feu en ce moment : un Chateaubriand (une biographie),*
un essai sur le nucléaire et un roman à clé.

— *En janvier on tue un cochon ; jambons, saucisses, saucissons, pâtés, etc. On est tranquilles pour l'année. Mais pas les cochons.*

— *Je suis content que vous soyez revenu. Vous vous rappelez cette histoire d'amour malheureux dont je vous avais abondamment parlé l'année dernière et qui avait gâché (ne protestez pas, j'en suis conscient) une partie de vos vacances ? Eh bien, rigolade à côté de ce que j'endure en ce moment !*

— *Dès que j'ai eu connaissance de votre implantation dans la région, je me suis dit qu'une visite de courtoisie s'imposait.*

1

2

sempé.

3

— Mesdames et messieurs, pendant le spectacle du coucher du soleil, nous vous demandons de bien vouloir supprimer la sonnerie de votre téléphone portable.

— *La vie m'étonnera toujours ; le jour où vous avez pris ce brochet phénoménal, puis la semaine suivante cette truite fabuleuse, j'ai envié, je l'avoue, votre joie et la fierté de votre entourage. J'avais tort. Vous êtes devenu nerveux, irritable. Je vous comprends, les petits carpillons que vous ramenez depuis ne suscitent que déception. Alors que je sens chez mes proches une douce tranquillité due à la certitude et la pérennité d'une friture sans grandeur certes, mais constante et finalement rassurante.*

— *Rien ne change vraiment : quand j'étais gosse et que le soir tombait, j'étais terrifié, en allant chercher le lait à la ferme, à l'idée que des loups ou des monstres m'attendaient pour me sauter dessus. Maintenant, à mesure que l'heure du journal télévisé approche, je me dis que le Dow Jones ou le Cac 40 vont me mettre en pièces.*

— *Nos capacités d'hébergement, nos possibilités d'animation et de communication, bref la logistique, nous allons examiner tout ça. Mais auparavant, il est important que nous nous mettions d'accord sur ce concept : tourisme sexuel.*

— Moi, ce qui m'inquiète, c'est que nous allons à grands pas vers un gouvernement mondial.

— *En tant que musiciens, bien des choses nous font penser, vous et moi, à des portées de musique. Ici, tous les matins, j'imagine, çà et là, des notes. Des notes de Mozart, de Schubert, de Beethoven... Vous, mon petit Paul, je vous sens à côté de moi gribouiller du Stravinski, du Stockhausen ou (pour moi, c'est tout comme) une polka. Aussi mon petit Paul, au nom de la liberté d'expression, j'ai enfin obtenu de la direction du Conservatoire que vos cours commencent une heure plus tôt.*

— *Toi, tu pries pour demander quelque chose, moi je prie pour que tu ne me demandes plus rien.*

– C'est beaucoup d'argent, mais c'est pas cher.

Paolo Caliari dit Véronèse
1528 - 1588
Les Noces de Cana
15..

— Moi, je n'aurais pas la patience.

– J'aime beaucoup quand il s'exaspère.

– *C'est un jaillissement perpétuel.*

— Je voudrais un livre de géopolitique très ciblé et suffisamment pointu pour que je puisse
en appliquer certains principes dans mon entourage immédiat.

— Et puis, au milieu du deuxième chapitre, je me suis aperçu que mes personnages commençaient à avoir leur propre vie, bien à eux, qu'ils me l'imposaient en quelque sorte et que vers la fin, à partir des cinquième et sixième chapitres, ils m'ont poussé, obligé pour ainsi dire à changer d'éditeur.

– Il faut, Bernard, que je vous annonce la fin d'une amitié : la nôtre. Hier, vous m'avez dit que « vous vous sentiez dépassé ». Compatissant, je vous ai demandé : « dépassé par quoi?» Vous m'avez dit : « Par tout. Les choses, les gens. » Amicalement, j'ai demandé : « Par moi aussi ? » Vous m'avez répondu : « Par vous ! Pourquoi ? Oh non, pas du tout ! »

— Je sais que c'est loin tout ça, Clothilde, mais j'aimerais beaucoup que nous reparlions de cette soi-disant part d'ombre qui chez moi vous effrayait. À la faveur de cette conversation, vous découvririez que peut-être cette partie obscure eût pu être pour vous source de joie et de félicité.

— La première partie de mon livre m'a permis d'évacuer ma culpabilité de la relation incestueuse que mon père m'avait imposée. Mais c'est en rédigeant la seconde partie (où je découvre qu'il entretient les mêmes rapports avec ma sœur) que j'ai réalisé la motivation profonde qui m'a poussée à écrire. À savoir : « Mais qu'est-ce qu'il pouvait bien lui trouver ? »

– Quand j'arrive dans ce genre d'endroit, j'ai l'impression d'être moi-même. Je parle avec des gens,
et je me sens différent selon les uns ou les autres. Je cherche à retrouver mon moi, mais je ne suis plus
le même. Puis je rentre (tard). Agacée, du fond de l'appartement, Claire me crie : « C'est toi ? »
Je réponds oui et je me sens rassuré.

— Quand tout le monde parle à tort et à travers, vous épie et surveille vos propos pour après les déformer, quel repos de s'adresser à quelqu'un qui ne dit rien, ne vous voit peut-être pas et, probablement, ne vous écoute pas.

– J'ai débuté à la SFAT qui a fusionné avec la SPOFI pour devenir la STOCAFIT. Là, on m'a confié la direction d'une filiale, la SUFITA, qui, prenant de l'extension, est devenue la POFITEF. Belle réussite en somme. Mais parfois je pense : PFUIT…

sempé.

Du même auteur
aux éditions Denoël

Rien n'est simple, 1962

Tout se complique, 1963

Sauve qui peut, 1964

Monsieur Lambert, 1965

La grande panique, 1966, 1994

Saint-Tropez, 1968

Information-consommation, 1968

Marcellin Caillou, 1969, 1994

Des hauts et des bas, 1970, 2003

Face à face, 1972

Bonjour, bonsoir, 1974

L'ascension sociale de Monsieur Lambert, 1975

Simple question d'équilibre, 1977, 1992

Un léger décalage, 1977

Les musiciens, 1979, 1996

Comme par hasard, 1981

De bon matin, 1983

Vaguement compétitif, 1985

Luxe, calme et volupté, 1987

Par avion, 1989

Vacances, 1990

Ames sœurs, 1991

Insondables mystères, 1993

Raoul Taburin, 1995

Grands rêves, 1997

Beau temps, 1999

aux éditions Gallimard

Un peu de Paris, Gallimard, 2001

Avec René Goscinny

Le petit Nicolas (5 volumes), 1960, 2001

Avec Patrick Modiano

Catherine Certitude, Gallimard, 1988

Avec Patrick Süskind

L'histoire de monsieur Sommer, Gallimard, 1991

Maquette et mise en pages de l'auteur. Réalisation : Sylvie Blanchette. Photogravure : Leyre, Paris.

Achevé d'imprimer en août 2003 sur les presses de l'imprimerie Grafiche Milani.
N° d'édition : 125062. Dépôt légal : septembre 2002. *Imprimé en Italie.*